花園長談

葉丹

向 Derek Walcott 先生致敬

序詩

一位手工藝人，居住在國家的郊外，
專注於用詞語給花園之琴調音，
這精準的事業將在風暴的輔佐下完成。
你馴養手心裡的雨和洗衣機分娩的雲，
這天賦取自於你熱愛的童年之山水，
它們教會你挺拔與沉澱之後的清澈。
「那年夏天，暴雨之夜的馬尾松，
即便被折斷所有枝葉也未嘗試屈從。」

又一年酷暑，你膝蓋中的積雪更深了，
你愛過的事物也紛紛不見其蹤影。
你嘗試倒退，被極權的離心力甩出，
像一隻蟬返回午夜前脫掉的硬殼。
你在破敗的共和國旅行，你的齲齒
無法咀嚼新生的風景：水浸染惡習，
因腐敗而失去了浮力；雪山融化，
山巔被惡削尖，瘦成一副副絞刑架。

腹中空乏的故鄉，由耄耋的枯骨支撐，
像一截繩子，因繃直而失去彈性。

鳥啼在樹冠爛掉，西瓜被拔除引線，
祖父血管中的佛塔因為空虛之心
而在滿月之夜倒塌，這些都屬於
同一枝頭的果實。我也嘗試去區分
枝葉的善和惡，但還鄉之路愈發陡峭，
像隻無爪之鷹沒法在湍流之中立足。

目　次　 contents

I

花園變貌記

花園舊稱祠堂郢，居住著亡國的楚人。
深秋，他們在地底埋黃金般的麥粒，
彷彿他們在泥底豢養了一群煉金術士；
他們是太陽的後代，保留著祖先的膚色，
把光照存貯在麥粒裡，於晨昏進食。
拆遷的隊伍席捲過這裡，像一次洪水
帶來毀滅：從圖紙裡引來了烏雲和瘟疫。
「他們是自己的行刑隊，掘後人的墳墓。」
病態如一枚生長在蘋果樹上的癟棗，
在擁擠的廣場上，他們在喪鐘下起舞。

水泥覆蓋著花園，揮霍了泥土的天賦，
如今，花園屋舍整齊，像一副假牙
在城市的擴張中脆弱得失去咬力，
花園塞滿回憶的鳥群，它們空虛如大海
揚起手臂拍打礁石的皮膚；空虛如
饑餓的陽光再也無法獲得泥土的回報。
水泥製的毛胚，不過是暴君的玩具，

他的表情僵硬，像一艘心虛的潛水艇。
高速公路截斷了炊煙所傳遞的情報，
你也因此失去了進入舊風景的密碼。

這些楚國的後人現以圈養雲朵為業，
彷彿雲朵的種子能治癒潛水艇的腐朽。
「要謹記晚霞的遺訓，才能依偎在
宇宙的懷裡以免被明朝的雨滴打濕。」
你──一個背負著共和國流亡的人
將自己拆毀，融進這張農業的遺照，
夜晚，你和新婚妻子繞著花園散步，
辨別一株合歡的屬相，像回憶一次雪崩。
「我夢見變硬的麥芒刺破水泥來到
我們中間，像個亡人從灰燼之中站起。」

II

花園晨曲

從此窗望去，清晨的事物遠小於它們本身。
不相干的聲音混疊在一起，像大合唱，
但這合唱像是在掩飾另一個陷阱的鋪設：
「行刑隊在重霾的掩護下秘密地完成
槍決，花園曾陷入你不能理解的寂靜。」
這水泥製的花園易碎，像一件瓷器
靜臥在霜底呼吸，槍聲包裹花園的寂靜。
「對深埋的樹根坦白能延緩枝葉的枯萎。」
流水線工人從螺絲殼般的居所中鑽出，
一種恐慌在腳印的重疊中蔓延。穿制服的
麻雀站在高壓線上，截獲了電流中的暗碼：
「音潮褪去時，我本以為我失去了你。」

你經書脊下樓，發現事物慢慢接近自己。
「從消亡的事物中分裂出來的部分更迷人。」
一個被俘的人，沿著整個快鬆脫的花園
繞圈而不入，像一隻蠶在織繭，彷彿
只有經過這種儀式才能避開監視者的威脅。

「不，我是在給夜遊的群星鋪軌。」
星光的灰燼堵住花園的入口，你踩上去無聲。
一棵樹樁腐爛殆盡，明年夏天，此地將升起
一株通曉枯榮之道的棕櫚，它一眼就能
辨認出你，它的長葉能分泌多餘的大海，
並向你獻出它的珍藏。你騎在停泊於樹蔭下的
石凳上，像是在輕撫一頭鯨魚的脊背。

III

午夢的遺產

下樓的柏木梯在午夢之中被拆除，豎成
花園籬笆。桌上的積塵比睡前更厚了，
水杯不滿它自身的空，現在是洪水過後
持久的旱季，節令和積雨雲的引擎
一齊失效，被灰塵籠罩的花園一片蕭穆，
像是手術臺上病人失血過多後般麻木。

從妻子常出沒的鏡中望去，身後是平原
成噸的暮色，幾朵不潔的雲橫在鏡沿，
彷彿現世的遺言：「一切都在變質，
一切都在不可挽回地腐朽、失去，彷彿
風景的變換才是時間給我們唯一遺產。」
「現世是夢的殘片，像靈魂般裸露在外。」

黑夜像枯葉準時墜落，彷彿大地之上
處處是接納它們的縫隙。「眾鳥合唱的
就是我們的命運，但籠中鴿子全然不覺。」
黑暗的屋頂連著屋頂，像失眠的繃帶

將所有的海浪赤裸著身子綁在一起。
這些水泥製的遺產替代了對綠的記憶，

「記憶將成為皖南農業的全部。」
堤壩潰決，遺產也會被時間減值直至擄盡，
「無法倖存的唯一故鄉和無數個他鄉，
我們就是失去泥土保護而色衰的卵石。」
你將土地的顏色埋藏在心底，像埋葬
一位故人；你的柏木如同一根新插的嫩枝

在黑暗中引誘水的上升，花園的泥土
得以在整個地表的沉降中獨獨升起。
作為籬笆的柏木梯已學會將自己掏空，
抽芽，一夜間竟長成一座綠色的廟宇，
這廟宇仍將在鳥鳴的重疊中增殖，就像
你寄居的這座脫離亞細亞的孤島一般。

（贈茉莢）

IV

花園導覽手冊

夏日黃昏，鳥群飛回花園，像浪潮
退回深海的居所。從北面進入花園
能防止良知躍出形骸，從石梯
步入，就免於暴露在夏天的絕望之中；
花園在每個夜晚被抬成高地，
像個釘帽，彷彿有座暗泉獻出花園
去討好午夜的新娘。繞過噴泉池中
那片由旋律餵養的森林，小徑的
另一端便是打開你的地下風景的入口。

用暗語敲破水泥，花園之下，朝代
覆蓋朝代，你像個礦工往下掘，
「本次遊覽並沒有現成的航線。」
「避開歧途的誘惑，便能抵達
雲端，但必須事先摘掉全身的金飾。」
避免在朝代的邊界上，衛兵過度的
猜疑，也不必擔心光線的欠缺：

衛兵的劍刃會在需要時化身引航員。

「樹枝投在地面的線條也會困住守衛。」

「我只能眼睜睜地看著我的祖國

夜以繼日地虧空。」你到達楚國

想必是另一個夜晚，你混在亡人中間，

見到你的祖先：一位落敗的義軍首領，

他盯著一頭困在燈芯之中的巨獸，

彷彿在祈禱，禱文的浮力又將你

瞬間彈回地面，取代我坐在花園中央，

頭髮全濕，帶來了無法消退的洪水，

而我也會因身覆遺志成為另一個我。

V

黑夜降臨以前的私人宇宙

「想必是愛成就了宇宙不間斷的引力。」
彷彿是引力用隱形的姿勢去引誘生活

暴露它全部的缺陷，而鑰匙不像排雷兵
般盲目，它再次看見記憶伸出的援手。

你打開冰箱中的果園，那兒四季不分，
彷彿調控溫度的部件被抽走了彈簧。

冷凍室裡的餃子永遠是那麼堅硬，
好像有支金屬礦脈保證了它的強度。

馬蜂先於你造訪過廚房裡的菜籃子，
它還試圖在花菜頂部留下甜蜜的痕跡，

實際上，櫥櫃裡那麼多瓶瓶罐罐，
你還不能判斷哪一隻終能進化成廟宇。

你去浴室，喚醒了洗衣機中的雲朵，
它尚不知淋噴頭也與大海相連。

你經過客廳，沙發上全是讀過的舊書，
它們將在晚間簇擁著你，將你墊高。

是誰在黑夜和白晝間發明了陽臺上的
黃昏。「黃昏教會我們熱愛枯萎。」

你若往前走一步，海就立刻誕生了，
但樓下的石獅在漩渦裡一動不動。

新生的晚霞，彷彿有一隻軍隊奉命
往最遠的天邊運送綢緞，來緩解落日

墜地的衝擊。幾隻斑鳩瓜分了景物
最後一點悲哀，人群像一層灰燼

被風翻動。門鈴拆散了黃昏的骨骼，
你去開門，卻被最後一縷霞光絆倒，

像是上蒼強塞給你的禮物。她耳語我：
「那石獅正在夜色的掩護下四處遊動。」

VI

盛暑，附詩注

盛暑。花園之空[1]，支撐著日暮[2]中的共和國，
你[3]獨自坐在花園中央，靜候政變般的暴雨[4]。

詩注：
空：花園罕有人跡，甚無灰塵。「途徑此處的物什，
大多會飛翔。」空是必要的手段，來容納夏日
蟲鳴的引擎。這座花園並非你想像中那般狹窄，
一如它的毒性被一片花瓣粉飾，不易被覺察。
「花園是空的，因此中毒的主人也必須是空心的，
一如一幕默劇，總要嵌入一連串尖叫的口形。」

日暮：光線柔弱，如細腰。它無力撬動你手心的
潮汐，只能流落如水，堆積，直至天黑，才能
將將沒過門檻，解救出一艘誤闖花園的海盜船。
一支印刷品的旱荷落在虛空之枝上，這人造之美
在向上傳遞中意外中斷，日暮解開了這個騙局
之黑。「就是這種黑，完整保存著一支寡言的義軍。」

你：你將自己關在鏡子的反光之中，像是在反駁
一種污蔑。你已然度過了幾十個盛暑，你的膚色
所幸幾無變化，一如你少時的最寬的理想——
「將人民臉上的陰影燒成灰燼。」潛在的危險是：
「共和國的語言正在加速腐爛，花園是其中
最黑暗的詞語。」但你仍是花園之核，堅硬之核。

暴雨：日沉不久，無翅之雲滑翔至花園上空。
雨堆在另一滴雨的背脊上，前倒後繼，它們
以難以制止的速度獨占了花園的黑暗，稀釋了花園
之毒。這死神的長髮，它將熄滅你掌中的火焰，
請你繼續在暴雨狂雜中待上片刻，無需多時，
它定當點燃你腹中的閃電，你那秘密生長的器官。

（贈肖水）

VII

對星空的一次模仿，附詩注

幾隻石象[1]打破了白天站立的隊形
紛紛像星辰般返回花園的叢林[2]，
樹葉被觸動的神經[3]像地下的古琴弦
發出一種晦澀嗚咽的靜寂[4]。

詩注：
石象：彷彿它們是在遷徙的途中掉了隊，
從南至北，它們早已見證過亞洲的黑暗。
花園如一枚繭，它們自願被囚禁其中，
三年過去了，象群也粗通本地的方言，
但消耗的全部熱量來自發甜的熱帶童年。

叢林：石象看懂了光線的暗號返回叢林，
儘管它狹小，但多少與熱帶有些相似：
錯亂得像一張蛛網。它們遊到這裡交媾，
卻懷上了星辰，因為它們模仿了天空，
天空的星辰也有春種夏花秋實，墜入叢林。

神經：樹葉的神經像花園的眼洞察黑暗
中的一切，「滲透一切的黑暗沒有縫隙。」
在星辰齊墜的夜裡，石象穿過叢林，
對樹葉的模仿也讓它們石化的神經
瞬間恢復了全部功能，「模仿即是重逢。」

靜寂：太多的聲浪在花園裡相逢而消隱，
是萬物合力構造了這偉大的平衡。
聲音正是以這必然的寂靜來餵養和教育
自己的後代，黎明前歸位的象群也將
模仿那些常青的樟木，變得更黑更粗壯。

VIII

馬賽克花園

這座花園，是農業的一隻畸形果，
彷彿國王的不願示人的傷疤。
他假裝睡著，看上去有健康的體格，
而新聘的御用裁縫手藝超群，
他能將蛙鳴縫入夜色，監聽花園
可疑的談話，還精心布置了霧霾
恰好在國王的傷疤上打了馬賽克。
格子狀的屋頂，各色的旗幟、
外立面、窗簾是又一層馬賽克。
花園大多時候充斥著馬達聲、響笛
和吆喝，一幅聲音的馬賽克拼圖。

馬賽克，完全治癒了國王的傷疤。
風景因迷路而遲到，缺席了
風暴的即興演說。「病情，不很樂觀。」
你在馬賽克的掩護下屯兵和雪，
「漫漫征途，雪讓士兵頭腦保持清醒。」
你策反了蛙鳴，向瓜農兌換了未來，

烏雲秘密地形成，修定了新的雲雨帶，
鳥鳴在黑暗中溢出，觸動曙光的扳機。
你為了克服內心的軟弱，練習做噩夢，
以便噩夢真實降臨時能換來不懼，好比
你出門時愛穿格子衫，像完美的復仇。

IX

碑

「每份晨報必定夾雜著新鮮的死訊。」
因為商人每天都出售墓碑式的住宅。

所有的家庭都陷入相似的陷阱，
彷彿所有的墓碑是同一塊墓碑。

用父輩的骨製成的墓碑，鋒利的碎石
朝向碑的內部與枯骨對刺。

這場景極像終日徘徊在你附近的魔鬼
折磨你，並為你慶祝的情形。

謹慎的節度使夫人向你隱瞞了
她的丈夫印堂發黑，因為法西斯的餘毒。

是的，壞的天氣加深了風景的濃度。
彷彿季節更迭只為了催促樹木生長，

像是在執行一份古老的契約，你撿一枯枝
栖憩：「我們在厄運裡獲得喘息。」

詞語的無用像被布層層包裹的拳頭
一次次擊打寬闊的無底的海面。

平原上那幾朵被墨塊詛咒過的浮雲
像帷幕，試圖掩蓋被抽象的瘟疫。

X

中國

i

秋收之後，池塘之中的物什，屬枯荷
最為挺拔，不僅僅是因為它的醒目

如城中村，它自覺羞恥，骨骼正在
變脆，難以充當池塘新的支點，

因為荒唐的規劃圖和污物阻礙它重建
水的道德。盛夏之荷因捨身治污

而幾近破產，它曾無視古老的迷信
而淪為排污管道的犧牲品，

現今，它的形狀增添了共和國的沮喪。
枯枝參差起伏，像地主家的毛邊書。

積重難返的污池變成枯荷的修身道場，
它替水下的分母償還債務而走向

枯萎，昨日有農人身入污泥，挖出塘藕
贈予你，那惡果烏黑，活像一枚手雷。

ii

正午，虛弱的日光均勻地塗抹在
臨河一帶。南淝河寡言，日夜不停地

衰老，彷彿能將你的不潔洗淨。
以致河水遲緩、油膩，如同

一位汽修工的衣袖。此刻，荊棘包圍著
停產的車間，光線讓它的空寂更加醒目。

灰塵和附著在機械表面的鐵鏽共訴著
偽工業的尷尬。多年前，本地的良田

養活貧窮的省會，現今，土地被迫放棄
它的天賦，泥土之下沉睡的穀粒和

先人，都無法獲取來自日光的安慰，
你自覺：愧對腳下的這方土地。

「我也曾品嘗過農業的甜蜜，
我多想，回到另一個中國，陳舊但硬朗。」

寒風中，你一陣顫栗，像一個被沒收掉
武器的士兵面對群敵而孤立無援。

中午，臨河一帶的工廠靜悄悄，無人
在意到：歷史正痛苦地前行。

XI

重霧的冬日午後擇近道往返葛大店

重霧，像一位荷爾蒙過剩的單身語文教師，
刪減能見度不足的字眼之後，學徒工的周末
僅剩午後的短暫，你獨自前往葛大店
取過期郵件。擇一條近道，必經機械修配廠
和空的污水池。你步調緩慢，它們誤以為你
不屑與現世之快一辯，實際上你也曾打探
帝國之蹄奔向何方，終因語言不通而作罷。
繞過它們，眼前是一大片光禿禿的銀杏，
它們排列隨意，一支像等待匪首檢閱的叛軍。

路的寬度，暗示出帝國的處境：過渡時期。
同晚清人所見類似甚至更糟：半死不活的工業
和半活不死的農業是帝國最擅長的技藝。
空氣因解凍而來的溫潤，緩解了本地的肺病。
但你的緩慢，無形中加劇了大地之痛。
秋收後留守荒原的稻草堆，像倒掛的沉鐘
提供了本城僅有的溫柔，比公雞之鳴更遠的

是弓著身子的菜農，她們起早撿拾昨夜
匆匆劃落的行星，在大地寬鬆的指紋之間。

作為一位相土師，你讀出了她們眼中的
盲目。儘管你懂得的遠比事物本身要少：
拆遷令殺死了農民；一如割韭之後的樓盤
將殺死工人。但這死亡因為它的緩慢
而不顯得那麼血腥。「次生災害的殺傷力
總是出人意表。」「又起霧啦。」在農業
拮据的盡頭，你和原路返回時的你們
煽動了一場連農民都難以辨認的陰霾，而它
正適合掩護那些倒下去的事物重新站立。

XII

詩記二〇一二年某冬夜降新雪

十二月的傍晚停止在樹梢，寒冷接管了整個省。
你不是氣象專家，但能分辨降雪前獨有的昏暗。
「所有幸福的日子，都是等待雪的日子。」
你等待著雪落下，彷彿是在等待童年的奇跡
重現；它至少能校正你的記憶，像位鐘錶匠人。
「雪覆蓋落魄的人群，也覆蓋寺廟和屠宰場。」
雪花，像勸降書一般，帶來新鮮的真理，
雪落如深淵，無聲之洶湧，將共和國的心跳撥亂。

雪像無法回絕的信使，它徹夜敲打沉睡之門。
所以要適時醒來，以免積雪淹沒你發燙的膝蓋，
但可以享受日常在人群之中掉隊、落單。
「每片雪花，都攜帶曾經重傷的靈魂重臨人間。」
麻雀早已銜走麥粒，提前退場，它傲慢地回絕了
你的邀請，留下草籽與你告別，唯有雪接納了你。
雪，緊挨著雪，彷彿其中藏有驚雷和戰馬。
積雪既鬆又軟，像池水般溫柔，吸走噪音和硬幣

急促的呼吸。雪是業已解禁的雲朵，更是雲朵的
灰燼。「被夏洪卷走的物什可以在積雪之下
再次拾回。」雪降臨，就像是被解散的軍隊
重新集結，他們穿過防沙林蒙面而來，腰間繫著
嶄新的鄉愁。你將代為保管的信仰歸還他們，鑄成
護身符和閃電。「單純富於野心是不夠的，
還要上滿子彈的槍膛，讓它開啟暴風雨的機關。」
「不消多時，日光會褪盡積雪，將王座歸還你。」

（贈洛羞）

XIII

駱崗機場

初夏的深夜，你在簾布間窺見花園
正向夜晚學習如何複製旅人的黎明，
它那般專注，好似一位天使低頭
初學一首普羅旺斯騎士的破曉歌。
但一束雜音來自三公里外可能的機場，
它好像雄居於一面斜坡的上游，
而下游的花園接收到的聲音洪水般
迅急。熱浪三千隴，不休止地決堤，
而下游的事物居然乾燥如死灰。

這束雜音經過黑的錘煉而不彎折，
被徹夜不眠的耳朵接見，又一點點
消隕，像沙漠中無故消失的河流。
彷彿聲音是夏日草蕪的副產品，
「在我所經歷過最炎熱的夏天裡，
即使是在日漸崩潰的日子，跑道邊
瘋狂的雜草一夜間就能長高一寸。」

「聲音是最精細的一種纖維。」
你沒有拒絕像是接受了它的邀請。

那次沒有邀請的抵達來自兩年之後，
機場已經被孤立成島嶼，以雲為楣。
四周的一切保護著一條隱形的界限，
彷彿它由死者劃定。風景在島嶼中變形，
一會被風拉長，一會被雲壓扁，
像個被浮力和引力拉拽的肥皂泡
因為注入了過多的現實而抓不住重心。
機場那樣安靜，像個遵從醫囑的病人，
不止下墜的汗珠是一張魯莽的門票。

如果保安問的足夠詳細，你就會變身
一位匿名使節，勘察異國夏天的直徑。
第一次見到機場的下午，樹冠如傘，
彷彿有人把語言的光澤全給了枝葉。
樹冠是語言的傘，保護有限的陰影。
「語言並非完美，但清醒的語言是完美的。」
樹木綠得像新漆過一般，彷彿為了
兌現一筆諾言。「樹冠防止機場過於暴露，
天空因此進化成一座閑置的教堂。」

去年的松果遲遲未落，緣於沒有聲音
將它們剝離，它們一層一層堆累，
形成樹之塔，你和松果偷偷交換了身體。
「新枝多垂直，春風似的沒有破綻。」
良知站在細節的枝頭，準確又艱難。
枝頭間有小旅館和停機坪，鳥啖出了
喉嚨裡一次難以下咽的告別。
光線彷彿從水泥地迸出，向太陽匯攏。
「我，第一眼就識破了光線的骨齡。」

機場充滿夏天也不能阻止它肌肉的鬆弛。
鳥群往來於樹冠暗示機場已遭棄用，
它們模仿客機降落在跑道，宣判了
那些漂浮在半空中的教條的死刑，
植被恢復了對機場的控股，來自天空的
乘客們不過是它們虛構的合夥人。
天空歸於完整，無需蜘蛛的修補，
它也曾被機翼磨得發亮，詞語也曾給
雲朵拋光。「天際低到可及，彷彿絕望。」

機場是唯一通往天空的命運中轉站。
有些人終生未能抵達，你去過多次，
也未能領到一張飛往故國的機票。

「如果世界變得足夠糟糕，命運
就會展示它的反面。」機場孕育起點
和終點，天空那麼遠，仍有道路可及。
「我想起童年的紙飛機飛向宇宙的
角落永遠不曾返航。」「童年的起飛
沒有引航塔，我們常以彗星照明。」

往機場深處，由於荒廢，機場近乎
口吃，它如一座中部小鎮般破敗，
彷彿是一張舊合肥的黑白底片。
「詩的天賦能讓你和舊的風景合影。」
彷彿只有舊下去，機場才可能淪為
一座心靈醫院，一個機場的例外。
跑道是一根緊貼地面的空心繩索，
像一隻鳥籠，等待一隻回巢的鳥，
沒有任何動作，消極得像一枚賭注。

跑道側邊倒伏的雜草恢復了直立奔跑，
但風鬆開了它們死亡的進度條，
夏天的形式旋即破滅，速度快得像
宮殿的崩塌，因為帝國之惡將屋頂
注滿了水銀。兩年間，引航塔冷卻成
一個符號，像頭鯨魚停止了呼吸。

這過程醒目，因為它在風景的中心，
彷彿它是缺席的主人最在意的建築。
「被語言見證的衰落包含所有的事實。」

停機坪倒映出候機室裡多少次別離
和理想，一一析出，像鹽一樣滋養了
腳底的雜草。跑道是倒下的靶子，
你無法擊中它黑暗的核心，語言
射出去的子彈，又飛回擊中你自己。
跑道兩側的草少有起伏，一顆石子
也能擊出跑道的空洞，你借用僅有的
漣漪跑向天空在盡頭為你豎立的白牆。
有工人從引航塔往卡車上偷運夕照，

試一試風景的到底還剩多少份耐心。
鳥闖進鏡頭無意中給舊的秩序充電，
它站得越高，意味著黃昏會稍晚逼近，
「機場的夏天最先毀滅，因為飛機
運來最新鮮的消息。」你剛來時是
夏天的機場，出去時卻是秋天的機場。
「詩人也不得不像風景一般遷就季節。」
走出大門時，你彎腰去撿一枚石子，
風景誤以為你是在為起飛做一次深躬。

XIV

寒枝

隆冬，大雪連日，天空昏暗如灰色的蹼。
小城被積雪埋沒，不得動彈，彷彿
一支在封凍的海域上等待破冰船的艦隊。
一隻留鳥上山覓食，只因寺院之中
定會有守年的女居士和她的仁慈。
它獨自站在枝頭，調校了本地的緯度。
「樹枝交叉的地方會是留鳥的居所，
一如她的廂房裡，現世和信仰數度交錯。」
日光已將新枝扶得垂直，它低頭啄枝，
「我偏愛舔舐新枝中難以收集的微焰。」

寺院因為晨鐘的庇護而不被積雪覆蓋。
女居士早起，去很遠的井中汲水，
她首先打上來的是秋天墜落井中的野果，
並撒落給在枝頭等候的留鳥，井水
為它保留了車厘子的紅艷。多少年，
她堅持在曦光中梳頭、滌衣，儘管
生活把她折磨得像一座移動的磨難博物館。

她要在晨鐘暮鼓中守衛理想的墓床，
「即使不遷徙的鳥，也要保留信仰的翅膀。」
她更加篤定，像一隻盛滿灰燼的香爐。

塔頂的雪如約化去，寺中的景致也愈發
明亮，地上受潮的橡子會加速腐爛，
儘管它有堅硬的外殼，如同女居士。
久居西廬寺，她內心孤絕，像一位島民。
她也曾受傷害，結下了永不脫落的痂，
如今，罕有事物能襲擊她的內心，
但這些圓鼓鼓的橡子還是讓她對未來
感到擔憂，她們一度接近，視若同類。
疾風拾級而上，將山門慢慢開啟，
它穿過密集的橡林而來，又戛然止步。

她經鼓樓穿門而出，謹慎得像一次涉水，
苔蘚複綠，彷彿這曾下過一場青銅雨。
石欄被木魚聲打磨得光滑，僅僅幾日，
遠景由鐘聲堆積而成，這耗費了多少日夜。
她的眼眶早已和山巒之頂的起伏吻合，
未化的積雪填塞了山巒之間的褶皺。
近處，一顆枯死的橡樹橫臥在石階上，
「下山的石階比去年更為陡峭了。」

這些寒冷的枯枝曾是天空的黑色骨骼，
也曾是極樂世界的牧人寄存的鹿角。

不僅是木魚的起落複製了橡樹的枯榮。
世界是那樣堅硬，唯這島嶼般的寺廟
柔軟如積雪。山徑通往古老的渡口，
多少年，小城的船隻繞山門而不入，
只有一隻上山伐木的斧頭，化作了橡釘。
而橡樹終以枯死進入永恆，獲得了
對輪回的免疫。「由遠及近，我的世界
已萎縮成一座島般的寺，我在塔尖蟄伏。」
她從枯枝中揀出一捆，不僅是為了生火，
也為了綁扎出一隻救生筏供浮生栖遲。

XV

築塔師

「我甚至想將自己的枯骨也砌進塔身。」
在山巔建塔，就是挖一條通天的渠，
然後用天空之刺探索靈魂升天的秘密
航線。你放下手藝，下山訪物，
「塔可以給黏土一次不死的機會。」
那夜花園長談，你說服了畏高的黏土。
你獨自燒窯，煉出了它們火紅的內心，
挑著磚塊入山，置於寺中的深井：
「這砌塔的磚塊必須經井水的浸泡，
只因這井水之甜能沖淡它的苦澀。」

夜晚，團團包裹住山頂的橡樹紛紛撤離，
「建好地宮和塔座，塔就幾乎完成。」
塔身在你的注視下繁殖，一夜便能矗立，
你立於其上，你就是與星辰比肩的剎頂。
而世界正在溶解，連同磚塊之間的
冰川，你終於將腹中的老虎釋放出籠，
而一段枯枝扎進你的身體，重新發芽。

「如果我能準確地分辨人間的七種悲音，
塔將繼承我脊梁的挺拔。」「像塔這般的
亞洲樂器，唯有換過骨的人才能將其彈奏。」

（贈津渡）

XVI

小雪日重訪西廬寺

進山的路比往年更曲折，迷惑了尾隨
你們的蛇。你身後的石階立刻溶解
在宇宙的堅硬之中，因為初雪尚未降臨。
即便能偶遇黑楊，也不能助我辨認
遠山之稠密中哪棵是松，哪棵是柏。
山腳，僧人們化身櫟子從山門滾落，
迎接曾用語言的黏土為他們築塔的人。
滾燙的石頭也積累到半山，它們流浪
至此，為的是認領晨鐘暮鼓的教誨。

入了山門，寺裡安靜得像入睡的妻子，
地上一塵不黏，櫟樹的落葉背面
清晰得像條石斑魚在風的催促下游走，
它們彷彿是從山下水塘中躍入山門的。
繞過殿前的鼓樓和廂房，你們登塔，
發覺它在秋風的養育下長高了幾寸。
你對栖落在塔尖的幾顆櫟子無比敬重，

「因為那僅可立錐的頂尖容不得
它們內心的一絲萌動，多麼難得。」

下山時，兩側的黑楊竟完全褪去葉子
露出完整的黝色的脊柱，彷彿是
為初雪的降臨做最了必要的準備。
「這紛紛落葉像是在為初雪作序。」
樹脊因熟讀經文而獲得了僧人的心境，
好像它們是從深埋地下的白骨中長出。
妻子說：「樹之塔，泥土的另一種
創造物。」返途中，山風像是啟動了
一副多米諾骨牌，卷起枯葉為你鋪路。

XVII

地下宮殿

黃昏時去一座小城，近得像次郊外遠足。
「旅行的要義之一：躲避時代的酸雨
和雨滴之中眾多荒淫無度的魔頭。」
鐵軌像只口袋，火車越往裡鑽，越覺黑，
彷彿是它把農業領入了無形的深淵，
山和水都是枯的，你看見群山向你走來，
以它枯萎的軀體。你遂將電鍍的雲朵
勻給田野、河水和鐵軌旁生鏽的防護林。

虛弱的光線也能像剃刀般將稻禾剪齊，
田埂將視線劃分成格，活像一盤殘局。
河水向西追隨落日：「我的嘆息和大海
相連。」但雲朵拖垮了它，它們一齊
遲緩地移動，像是給帝國的滅亡提速。
待一切都黑下來，友人的地下宮殿
就會浮現，醒目如平原上的孤峰。你進入，
他從口袋中翻出一朵甜蜜的雲招待你。

作為暫避黑暗的信使，他的口音中透出
詞語之甜，他習慣在黑暗中建築宮殿，
像一位在下半夜向上級發秘報的間諜。
他在眾死者的帶領下工作，建築漢語的未來，
「詩歌是伸進現世的耳朵。」你也聽見
去冬的殘枝在曝曬後被死者踩得嘎吱作響。
「我在為未來工作，只為所有的事物
即使在黑暗中也能找到重返源頭之路。」

（贈小雅）

XVIII

太湖縣火車站

訪友之後，我們按來時的路線返回。
站前廣場，烏雲沒收了我們的影子，
快速經過候車室，那兒摻雜著各式飲料、
汗水浸泡過的夢魘和凝滯的目光，
通過一扇塗著紅漆的木門看，站臺
有大半是露天的，分布著候車的乘客。

「火車是縣城的漿，將年青的勞動
輸往東部。」是火車將中部的省份掏空，
這是一些省份對另一些省份的掠奪。
這個舊式站臺藏在被鐵軌分成兩半的
青叢之中，「好像這綠色直接天堂。」
彷彿鐵軌也是天空的物種，如同彩虹。

雨滴是突然墜落的，錐子一般沖向
毫無準備的乘客，停歇之後，遠山
也看得清澈，它綠得像是被岩石
引誘而倒流的水，樹冠也愈發明亮了，

彷彿有少女栖息在枝頭。你的童年
使你獲得了進入綠色王國的臨時護照。

火車從西面駛來，「彷彿一條拉鏈，
恰巧把風景的綠色空白填滿。」
它攬走了所有的乘客。透過車廂的窗戶，
兩側恬靜的山水正被加速模糊，
你望見一塊濕潤的岩石漸漸露出白色，
這證明了石頭曾短暫地恢復過呼吸。

XIX

遷都，紀念馬達共和國的濱海時期
（2009-2011）

日落之後，共和國不過是片寂滅的原野。

在不設守軍的都城，生命毫不拘束。

你經年無所作為，挖空心思玩紙上遊戲，頒布

法典，如同詩人那些危險又無用的發明。

你捲起鐮刀之刃，讓雜草淹沒共和國

的旗幟，淹沒一道道地心引力的無效詔書。

國土之上，黑色起伏，像王妃珍愛的綢緞。

在草叢間度過每個夜晚都是明代的夜晚，

草，安靜如植物，流動著的鮮綠色血液

充滿善意，草的微擺也能制止鯨魚的衝動。

你，一個播種詞語的國王，效仿詩人

用筆尖給鯨魚把脈，用音韻配合種子呼吸。

但在風暴中逆行，是你不可選擇的事業。

如果停止，便會招來巨獸。蘆葦也會

在風中戰慄，因為潛伏沼澤的巨獸曾舔過

它們的額頭，圍在一起，抵抗帶來死亡
的密令。你已知道：立秋之後，謠言
就要掀動整座都城。「都城如畫，更如棋子，

你不能擰開戰爭的閥門。」你將雲朵割讓
給那頭貪婪不休的巨獸，也不濟於事。
在沒有衛兵，甚至沒有還擊的子彈的都城，
你只好將詞語當作共和國的唯一扶壁。
一個國家將痛苦綁定在低音提琴最細的弦上，
國王撥動一次，整個國家便會劇痛一次。

「僅僅一位拙劣的演員便能毀壞一個國家。」
在戰爭時期，你無法阻止共和國的陷落。
「我不能站在謝幕後的舞臺上獨奏，溺死
在文明裡。」你用盡天賦也無法換回國土，
故國將到處是無人認領的蘆葦，而新都
也會是一個沒有領海的國家，沒有鯨的呼吸。

「遷都不是換氣，若失敗還能再來一次。」
和因暴雨而遲到的王妃一起，踏過這面水鏡
你便能到達新的內陸首都，但必須繞過
有毒的教堂，要學習在詛咒泛濫的地帶隱形。
你重新建國，從事帝王的事業：目睹鈍器
隨影子生長，目睹毗鄰帝國的虛榮和無序。

XX

詩為前年盛夏泉州之行而作

彷彿只有在外省，你的身體才會輕盈些許。
「我願，用這些被光陰之蟲蛀過的詩句
贖回走形的記憶。」那幾年，你的憤怒之心
因為沾染過多的時事新聞，而迅速滋長。
你希望旅途之中短暫的快樂能夠抵消
共和國局部的疼痛，「旅行就是用新的場景
誘捕漸腐的歷史。」穿越浙江全境、寧德和
福州，路過的許多城鎮，被荒蕪的農田
包圍，最後到達泉州，一座內凹的半島。

街道炎熱，有粗壯的棕櫚，彷彿置身熱帶。
「唯有雷霆之怒，方能吸盡熱的殘餘。」
來自內陸深處的熱浪和本地盛行的憂鬱
並未因通過茂密的榕樹林而絲毫減弱，
即使高聳的樹冠給整個泉州城鑲上綠的邊界，
像個瓦甕，炎熱又潮濕，座於繁花之中。
「花朵的美麗從不會因其短暫而消亡。」

法式磚樓，小巧得像一座離群的歐洲島嶼，
熱侵浸你，從你身體中析出光亮的鹽粒。

本地婦人細瘦，眼睛深陷，注滿焦慮，
趕往樹蔭下的井中取水，樹葉此起彼伏，
像是要掙脫火神的詛咒。作為自然的
學生，刺桐之花早已學會緊密地向上生活，
如朵朵火焰，它們將率先進化成鳳凰。
桉樹纖細，還在脫殼，彷彿能脫去多餘的
意義。它善意地伸長，彷彿要去支撐
欲墜的星空。你最喜愛免費的芒果，有點
澀，有點像位面對突發狀況的播音員。

XXI

內陸航海家

一位深居內陸的航海家，因為新建的水電站
而無法將自己龐大的船隊引向大海。

「壩是惡的，是囚禁烏托邦的暴力。」
他習慣在每個傍晚登高東望，幻想

自己站在船頭，他就是那枚海上避雷針：
「閃電，它照亮我褶皺之中的前額。」

他已能同群山對談，也可為岩石分擔酸雨，
雲朵聚積山崗，像是在合譯一道神諭。

秋天就浸泡在江水裡，它流不到外省，
水在壩上回旋，靜謐得像廢墟一般，

那些下游的魚群，我們無法再見的兄妹，
再也無法回到水流湍急的源頭。

「我們下一次相遇如果不在枝頭，
便一定在層積的砂礫之中。」

他將未成年的新槳拆掉，帶回山中，
植於斜坡之上，「它們不該先於你腐爛。」

XXII

冬日廢都

兩年後返回海濱，寄居在你肩膀上的雪人
融化後成為你的羽翼，你是最笨重的
天空巡遊者，重披雲朵和閃電的枝丫
俯視曾擁有的國土，勘定新的國界。
「我要用飛翔來回應宗主國施加的殘忍。」
你從遙遠的內陸趕來，像赴一次告別，
而飛翔是旅行的意外收穫，你返回
共和國的廢都，為了鞏固語言的堤壩，
它在海水的沖刷下疏鬆，像只猴頭菇。

廢都極不醒目，彷彿近海的一處暗礁；
它一向荒蕪，和鄰國有明顯的色差，
像是暴君龍袍上的一個永恆的補丁。
蘆葦是被你免職的衛兵，它們的根
互相交錯，通信，與你結下階級的友誼。
每逢冬季，沼澤中的泥土就會因乾旱
而裸露在霧中，甚至開裂，像一種迷信。

原本的細流也會像斷弦的琴無法演奏，
彷彿是聲音養育了這些空心的植物。

其實這些植物，是等待水手復活的船隊，
是囚禁在淤泥之中的共和國遠征軍，
幾個世紀以來，它們被誤傳失蹤，
因為歷史的霧故意封鎖了海上的消息，
恰是它們編織和見證了廢都的枯榮史，
它們在等待之中儲存了歷史的痛苦。
它們一步一枯榮地邁向燈塔，將燈塔
當寺廟住，像一頭野獸返回初生的洞穴，
把自己燃盡化成火光灑向淤塞的近海。

XXIII

暑日順南淝河橫渡巢湖棄入長江

「兩座內河港之間，埋藏我航海的雄心。」
你用這最古老的方式出行，緣於河水
充滿誘惑。這是一條沒有宗教庇佑的
河流，渾濁，有不能言的苦楚，儘管
水鳥是它們退化的語言。它像圖書館般
豐富，多頁。河水漲落，如同怨恨，
「河中定有秘徑，繞開怨恨直抵天堂」。

你在晨露中析出船長給你的邀請信，
天空中的星辰尚未成熟，半夜裡出發，
滿滿的一船未脫殼的糧食被運往南方。
夜被船頭頂開一個豁口，河上泛著
青田石色的水霧。船駛向陡峭的黎明，
我們因早早起床而得以拒絕國王
入夢的邀請，做夢的人墜入黎明之懸崖。

黎明時，最先望見引航塔像一疊硬幣
立於圩區的邊緣，一艘逆流而上的

運砂船開足馬力，去加固國王夢的
堤壩，它延緩了一個國家之夢的決堤。
你還遇見發電廠、水泥廠以及叉枝般
忠誠的支流。你驚奇地發現灌漿的草
向開裂的土鞠躬，「是渴把草壓彎。」

在河口，岸邊的階梯將你的目光引入
一個被雜蕪包裹的漁村。一隻水鳥
在你的注目中返回籠中飲水，院門緊閉，
像一隻蚌殼，合法的風景在小院之中
愛撫自己，一枝探出院牆的石榴
慢慢下墜，它的內心滿足，不像河口
任性的木船放空自己，隨風浪起伏。

船入巢湖，湖水瞬間稀釋了河的痛苦。
「我們的身體，包括船，都瞬間縮小。」
彷彿水下有冰山支撐著無邊際的湖水，
那不化的冰塊，無骨的冰塊在湖底
不間斷地追逐，但湖水平靜，鮮有大的波浪。
「因為那冰山的脊梁正在垮掉。」
你茫然，像面對一部缺少索引的字典。

漁民在湖上按插著無數的網杆，極像個
忙碌的針灸病房。「是水鳥的疲憊，
堆積成為島嶼。」在中廟，你看見廟宇
在湖中倒立生長，瞬間讀懂困倦的湖水，
它因為自己的寬闊而獲得死神的赦免，
你放棄毫無準備地進入毀滅中的長江，
而湖面上詞語過快地蒸發讓你無法返航。

XXIV

一次郊遊

郊遊，彷彿是你緊密行程的一次脫軌，
你興奮得像是意外繼承了一筆遺產。
「好比一頭鯨魚經歷一次愉悅的擱淺。」
「郊遊是對激情的一份小額補償。」
「它如偏方，治癒了我晚起的習慣。」
這是夏日近郊的農莊，綠色幾近沸騰，
內陸的人造的綠海：整齊的楊樹林
和毯子式的葡萄藤，還有接天的荷葉
都是海存在的形式。綠和郊遊的意義

交替沖刷你的感官，彷彿這無盡的綠
是從大地之泉溢出，你被輕易征服。
低海拔的池塘聚攏了扇骨般的小水渠
滋養荷葉中央的鑽石，它是激情的電源，
如果說風掀動的是綠色的海，那麼
葡萄架就是你能準確找到海床的索引。
水珠落入池塘不見蹤影，像詞語合攏。

「短暫的雨季催熟了最早的果子。」
和一位果農交換種植葡萄的經驗後，

你遷就了路邊一片幾經改造的葡萄園，
它也接納你，做一位葡萄王國的讀者，
「這近乎永恆的獎賞。」果園深處，
你在果串中尋找開啟新未來的機關，
「如果你還能在葡萄的反光中看見灰塵
落在廟宇的頂上，那你就會像飛機一樣
獲得鳥的特權。」送你去機場的路上
黑暗如雪崩已經形成，無論我們相距
多遠，它的坍塌都會將我們連成一片。

（贈劉曉宇）

XXV

另一次郊遊

夏初，隨郊遊而至的旱季還未被預見，
我們相約去看湖水如何開闢新的領地。

穿過最南面的鎮子，路過一座監獄，
路旁邊的蠶豆由甜入澀，變得飽滿。

雲朵低沉，因為獄卒的額頭有一絲陰霾，
他的蘑菇般的下午剛剛展開菌蓋。

公園裡，人群是假的，山也是假的，
只有水是真的，它攜帶了湖的寒意。

你在蓬鬆的沙地上練習騰空，像粒
獲得勇氣之後的麥子訓練退化的翅膀。

我們穿過稀疏的樺林，它們的身體
前傾，像是在圍觀一次公開的審判。

它們都捨不得彎曲，成為續種的木犁；
你踩得枯枝作響，驚動了夢中的積木。

在湖邊，你長久地等待鯨魚給你信號，
但湖水無需口令，它不間斷地撬著堤壩，

它粗糙又孤獨。返回鎮上的路是漫長的，
這一次，監獄的大門愈加明亮了，

像一塊曬得發白的旱地。站崗的獄卒
彷彿覺醒，抖落了肩膀上的積雪。

XXVI

秋末回歙縣經合銅黃高速所見

車窗外的美景意外中斷了旅途的無趣，你艱難
直起身體，像是挪掉了腹部臆想的重物。
公路穿過黃色的平原，像掰開一隻熟透的橘子，
車流，像鯨群般游過也無法衝破它的寧靜之壩。
「十多年來，我所見的大多是幻象，而只有
另一種幻象才近似真實的共和國。」你俯看窗外，
為糯米稻與落葉木的黑骨之間的默契而感動。
田地之格，像農業的補丁，維持著一個國家
空乏之胃。大地空空，田埂裸露，像是在等待

新雪重臨。大巴停下來，彷彿為了糾正你
一個不當的比喻，乘客紛紛下車，而你
走得最遠，企盼能在秋風中洗盡身子。正好，
四野無人，眾樹無聲，像是有新王要登基。
你與鄰國的敵意在日光的守護下持續發酵：
「秋風並無四肢，輕易地奪去大地的綠衣裳。」
樹樁也無四肢，卻教會了稻草疲倦的姿勢。

你渴望做大自然的替補，去接受萬物的
訓誡，像一艘擱淺的船必須接受淤泥的改造。

妻子向前問你：「江淮平原下埋的是冰塊還是
我未曾謀面的火焰？」「是的，我的友人
被困在冰塊堆之中，遭受阻擊。」雲塊因河道
枯竭而激增，「這河道多白，定是這些鵝卵石
偷食了過多的月光。」美正在加速稀釋，
你多想漂浮至雲端，打開囚禁火焰的雲鎖，
讓它分娩出新鮮的風景和語言。你再次登車，
繼續做慣性的幫手。你不能再作停留，你必須
在新雪降臨前返回一九九九年以前的歙縣。

（贈劉林溪）

XXVII

歙紀，寄傅岩*

明末的新安四塞，攜帶壞消息的雲朵
因為內心的沉重，而無法越過重山。
帝國加速滅亡的離心力將歙縣甩出
戰爭的泥潭。你居萬山之中，訓練山嶺
長成衛民的雄關。深谷囤積本地的雲，
夜聚曉散，你在袖中蓄清風，舂土為糧。
被教科書劫持的歷史已經模糊了你
經世的細節。「雖身無兵甲，但良知
武裝了我的血液。」事實上，我們
處於相對稱的兩個時代，每一次遭遇，
我都能感受雙倍甚至多倍的痛苦。
我們的不幸在於歷史總抄襲殘酷的章節。

我猶記得亡國之年的那場大旱，縣城
被曬得像一個發皺的山核桃。
彷彿天氣是由詛咒把持著，你焦急，
如夜行的援軍，顧不上指尖的火焰。
面對鍍鋅的萬物，你把滅火器別在胸前。

你走出花園，理解了一個縣的渴意，

旋即你祈雨，做大地和雲朵的偉大牽線人，

「求雨就是讓口吃的雲開口說話。」

最終，神明助你在求雨的經文中摸到

觸發暴雨的引線。「是萬物組成了神明。」

你急切地衝入一朵來不及完成的

雨滴中，那裡正在預演國王的葬禮。

注：傅岩，曾任崇禎朝歙縣知縣，後為明戰死。

XXVIII

上瀘橋，代寄辛棄疾

「你身處的朝代是歷史的另一個低窪。」
「它踩空了一個鋪在深淵上的踏板。」
一位義軍將領，客隱上饒，痛恨國王
優柔的心，無法將懦弱的他拉回前線。
你安撫經過的每一寸土地，涉足
黃沙嶺、上瀘，在上瀘橋上觀景遣懷：
「多麼難得，鎮子十里平坦如星盤一般，
湍流挽著青山奔走，多麼敏捷
又危險的動作，像是瀘溪河中藏著
一群白色戰馬，而我再也不能駕馭。」

桑田果真演化成鬧市，作為預言家，
你只猜對了一半，另一半田荒蕪著。
農業的冷淡凍結了烏雲的引擎，
這種相似的黑暗，想必你也能理解。
泥土被驅趕殆盡，滿山的荒草
替代了你的青山，湍流是匹好戰馬
被上游的水壩圈養觀賞，你的豐沛

和我所見的裸露河床，恰似小小的興亡。

你比我幸運：雖然你的帝國也已破產，

但你仍有壯麗的山河作為你的勳章。

（贈周晶珍）

XXIX

撤點併校研究

冬日返鄉，你發現坐擁群山的小學校
已被撤銷，操場也淪為私人菜園，
這齣改嫁的悲劇源自秘書野蠻的公文。
小學生被迫到十五里外的鎮上讀書，
這距離輕易地拆解又重編他們的童年。
一九七九年，建小學校，沒有建材，
村民組織開窯燒磚瓦，缺少主樑，
斧頭對準村口那棵幾百年樹齡的樟木。

九一年，你在小學校初嘗漢語之甜，
你也偷聽黛青的瓦片整齊地朗誦
月光刻在它們額頭的古韻，那聲音
明亮又清潔，平息過烏雲的起事，
「是瓦片護住我的羽毛不被淋濕，
保護了我飛翔的權力。」你還感激
語文老師展示將大海釘在黑板上的
絕技，彷彿大海曾被她輕易地馴服。

你們尋找海的缺口，模仿海的呼吸，

無意之中，泄露了各自命運的底色。

你孤身上路，搭乘了這只獨木舟

去追趕海上的艦隊，像個古典勇士。

你後來才明白了群山是你永恆的導師，

「群山是我的鎧甲，教我理解萬物的

秩序。」而今，你背逆了艦隊，

沿著陡峭的航線，劃向初生的島嶼。

XXX

生日照：德里克・沃爾科特的花園

想必，正是這島嶼支起了你的兩個美洲。
參加聚會的客人見證了這個支點的榮耀。
詩人的後花園處於一個良灣，極像西班牙港。
我終於理解了以往你在詩行的布景，
海浪不止地沖刷你的後花園，詞語因而獲得
換不完的面具。白色的椅子將大家聚攏，
你餵養的幾隻白鷺出於羞澀，隱了入樹籬，
是你將它們從最高的山顛帶回你的島嶼，
實際上你並沒有位移，是世界正向你俯首，
西班牙港也因為你變成地球的另一極。

詩人臉色鐵紅，穿粉色的短袖，啤酒肚，
光著腳丫仰臥在長椅上，雙腿交叉，
按下快門的瞬間，你的眼側向鏡頭。
草地青青，赤道附近的國家經年如此，
客人們曾舉杯喝茶，試圖消解暑氣
和兩個美洲的敵意。兩棵熱帶的棕櫚
看上去並無特別之處，它們伸出長葉

過濾你們的談話，但詞語的火星還是
引燃了扇葉的綠色的心臟。樹籬中的白鷺
索性飛得更遠、更高，像隻中國鶴。

背對鏡頭的女士的捲髮把海浪引入了
交談。「海浪是否席捲過你的後花園？」
「大海和我展示各自的絕技，從不厭倦；
難能可貴的是：讀者也不曾厭倦。」
左上角是另外一座島嶼，有點模糊，
程度近似於幾個中國詩人用象形文字寫詩。
作為生日禮物，善於即興表演的大海
早早為你安排了新的旅程而只給你
舊的景物；而這兩座島嶼各自的海岸線
是否就是詩人共同守護的語言的底線。

XXXI

趕海研究

臨港的小鎮，靜臥在杭州灣的最北端。
「唯有帝國的邊陲，才能隔絕新聞
拼接成的桃花源。」那麼，真實也算得上
福祉。你被遣送至此，奉命改造
荒蕪的邊疆，暴君棄之不用的綠色
屏風，「我們都是被帝國放逐的人。」
被神諭發配至此，接受海和蘆葦的
雙重教育。「海教會我識深淺、如何寬容，
蘆葦教會我挺拔，又對大地俯身謙遜。」

一定是候鳥的遷徙把國家過剩的人口
意外地滯留在海灣裡，這支無名人群，
甚至還不會游泳的人群，卻已經
學會了依靠海水規律地消長而生存，
他們的工作內容就是追逐時間，不分晝夜。
「古銅色的皮膚，是帝國最殘忍的方言。」
你多想替他們找到控制海水升落的按鈕，

儘管這已是減產的海，虧空的海；
儘管海灣裡漂浮著的盡是垃圾和病句。

海露出它日益衰竭的身體，神色凝重：
趕海的人大多來自外省，深陷乾旱的
內陸深處，先人的農田已蕪，山和水
雙雙破產，鄉村的脊梁一一斷裂。
他們遠離故土，得以避開推土機的傷害。
「這個國家除了海，就剩下加工廠沙漠。」
最深刻的悲哀是：所有卑微的物什
並不被法條保護，彷彿所有的漢字
都在帝國走向末路的演變中學會了殺戮。

外省人趕海，遵循引力與海的秘密協議，
而不食煙火的死神也追擊外省人，
他們因為體力不支而容易被死亡吞噬，
雖然他們的死亡因蘸過海水而延緩腐敗。
他們一生倉促，疲於應付陡升的通脹率。
「烈日和風暴，都不曾將他們擊垮。」
更多的外省人守衛著黎明，以免其被篡改，
他們必須拆除隔夜的閃電，在烏雲蘇醒
之前，否則黎明就會帶來不祥的風暴。

海，又危險又美麗。它急促，如喘息的
豹子。海面上盡是陽光的碎片，它
已懂得用自身的不完整來象徵世界。
海水必須升起，淹沒到你的脖頸，然後
又退去。趕海的人也懂得順從季節更替，
日日往復，他們在海灘採拾，打探大海
心跳的虛實，海浪終在他們腳下卷刃，
屈服，他們每往淤泥中陷進一寸，
那外省的群山，就會被雲朵抬高一寸。

海水宣揚一種暴力，潮水像急行軍，重浪
磅礡，像是在追尋那些在海底走失的羊群。
波浪整齊，彷彿經過海女精心地修剪，
它們練習折返，減速又加速返回深海。
斜的石砌防波堤像手風琴，你站立其上，
完成一次演奏。實際上，你只是臨波
惆悵，像個溺水的人，在統計古老的海水。
海水向你展現它的魔力，潮來浪去，
完成的是另一種演奏，你已經懂得分辨。

海水直立如幕，趕海人，像不整齊的
字幕，採拾過後的灘塗，赤黃如饑餓。
他們堅忍，用弓作代替尊嚴去彎曲，

從海底打撈出一個鮮活的比喻，出售給
道德販子，喻體由光榮和痛苦組成，它
光滑，無須打磨，能瞬間馴服海水。
「所有的光榮都屬於暴君。」因為歷史
拋棄窮人而從不在場。他們耳中盡是
喧囂的灰燼。海，從未獲得過片刻寧靜。

渾濁的海灘，是帝國正在化膿的傷口，
海則是巨大的消音器，弱化它的疼痛。
從晨曦至落日，疲憊的肢體像支黃色的
始終擱淺的潛水艇，深陷和爛的淤泥，
潛艇有理由憂傷，它再也不能返回故鄉。
濃霧抱緊小船載著消失的人們向你靠近，
是大海之寬讓生前互為敵人的，重又
言和。深夜，耳中的潮水終於褪去，
肢體因長時間彎曲的疼痛變得更清脆。

傍晚，趕海人返回住地：被濃霧挾持的
沼澤地上的棚屋。盲目可以讓沼澤
變得鬆軟和笨拙。「能被所喜愛的植物
辨認出來是一種大幸福。」沼澤地是海的
綠色羽毛，它寬闊，收留返回的人群
和冷卻後的落日。重新上漲後湧進沼澤

的潮水也能灌進蘆葦的腔中，教誨它，
讓它們長出脊梁，血肉和全部的憤怒
器官，「唯有這樣的蘆葦能長成槍托。」

夜晚，沼澤寧靜而危險，它的美日漸消隱。
蘆葦是從深淵中長出的事物，它繼承山川
之綠，它的綠中夾著蒼白，像思鄉病。
時間被層層乾枯的蘆葦，深埋在泥底。
蘆葦杆堆堵著水塘，將未來懸置於危險的
高臺，就像時局因為無法排練而讓暴君
更覺棘手。晚風吹拂蘆葦像翻閱相冊，
「在一個泥濘的時代，內心沉重的人不忍心
月光越積越深，像鞋底甩不掉的淤泥。」

雲朵作為沼澤的看守過於盡責，它因為
受潮而發芽，在水窪中暫居的星星，
它準備在雲朵薰蒸的夜晚返回它的故鄉。
「在泉眼中夜觀天象，讀到的卻是蘆葦的
一枯一榮，像詩篇衍生新的詩篇。」
夜深，趕海人熄滅了沼澤上的星辰和燈火入睡。
「要學會不報希望地生活。」你獨自守夜，
打算用失敗的一生來驗證帝國之惡；
你種植閃電，定能在秋收時收穫一場政變。

XXXII

葡萄園中的黃昏和夜晚研究

i

帝國之灰和暮色之灰在葡萄園上空重合，
晚霞正在給風景蓄水，透支的它薄得

像紙，彷彿蟬的一聲尖鳴就能將它刺破。
烏鴉關閉了赤幟的引擎，落日因為自身

之重而西沉天際。守園人坐在涼椅上，
和空氣對談，這讓他的虛無漲到了頂點，

連內心膽怯的斑鳩也無視他的存在，
潮水般來了又去，只為早熟的果粒。

他起身巡園，在田埂上遇見昨天的自己，
順著他乾枯的手指：梯田之下的池塘，

乾涸得像只白色的碗，蛙聲藏匿其中；
再往下，河水緊緊抱著鵝卵石不肯鬆手。

他仰起頭：月亮明晰，像是宇宙的缺口，
古老的白光均勻地鍍塗在我們這個星球。

「是的，唯有月光偏袒露宿的人民。」
其實已顯傾斜的寺廟，也由月光支撐。

他再次回到掛滿青果的葡萄藤下，
即將到來的豐收也讓他陷入一絲憂愁；

他伸出乾枯的手指，合掌祈禱：「再過積年
勞作，我的手掌也能變得藤條般甜蜜。」

ii

大地熄滅之後，葡萄園獲得了片刻安寧。
「其實是紙紮的國家高燒褪盡後的虛脫。」

在茅屋前，他的視線之內沒有活動之物，
這極像戰鬥之前的指揮部，他心繫萬里。

女兒送來的晚餐中夾著一片加糖的午夜，
月亮爬上山頭，她順著月光鋪成的小徑

返家。梯田渾濁，彷彿是塗了一層灰釉。
山谷中起霧，上升，積聚，掩護著理想的

發育。鳥鳴彷彿從日光的極權緩過神來，
枝葉白天裡蜷縮，現在，它打開了自己。

月光打磨著葡萄粒，經反射的光能照進
他心裡。「萬物向你展示它應有的表情，

只因你忠於內心。」果串在今夜開始下墜，
它們忠於萬有引力，又緩解內心的不安。

果實也從波爾多液中解放出來，在根系的
保護下加緊釀蜜，化身未來的糖罐。

他在空腹的國土勞作，保護著未來的繁殖力。
彷彿他徹夜逡巡，就能抵擋國家的崩潰。

「在歷史中死掉的人卻在農業中獲得重生。」

他披上霧水，從每一粒果實中進入永恆。

（贈佟陽）

XXXIII

秋日返鄉的養蜂人研究

養蜂人返鄉，帶來了北方的秘密縱隊。
永恆的宇宙之手撕開秋天的封條，
它以院中柿葉枯卷的姿勢進入他的呼吸，
「風在語言中習藝，矯正了我的口形。」
枝頭的燈籠柿還剩幾只，像是他的妻子
給白頭黑鶇的找零，所有漆黑的枝條
因為沒有果實的負累而大幅揚起。
「太多的落葉，太少的泥將它們埋葬。」

燕子留下冰冷的巢，它加入了永恆的
遷徙。「連方向也和你的大體一致。」
這殘缺的風景有點陌生，妻子告訴他，
那整枝的綠色曾使院牆的傷口癒合，
「樹冠如雷達，捕獲了經過的光芒。」
此刻，她在廚房內製雲，炊煙釋放了她
堆積的欲望，她的內心一度被焚，
炊煙中未燃盡的黑便是她的灰燼。

它上升，與白雲互逐，進入星星的領地。
「樹葉墜落，而炊煙卻能上升，彷彿
宇宙之中安裝了一個無形的蹺蹺板。」
「其實，落葉和炊煙都是時間的食物。」
他推開院門，看望那些理想的援兵，
他的蜂箱落在黑暗的山梁和貧瘠的
田野之間，楓樹之下。空曠的田野，
像是橫臥的深淵，又像父親留下的殘局。

絕育的，不再發情的田野，如琴鍵般
赤裸，那些被遺漏的稻穗倒伏著，
它們曾經因秋風的彈奏而飽滿、發黃，
它們腔中的悲涼依然挺立，它們
還將在挺立中洗淨歷史細節中的淤泥。
這更殘破的風景，他不願再多看一眼，
轉過身，闔上院門，他看見所有枯卷的
柿葉正借助歷史的浮力重返枝頭。

XXXIV

追趕花期的亞細亞孤兒

一九六六年，故鄉薄得像紙而無法居住。
為了回避共和國之惡，你的父親
將羞恥和憤懣塞在蜂箱一路北上，像個
孤兒，在廢墟般的國土上尋找完整的海。
火車載著家當路過糧站、隧道和監獄，
他將緯度當作梯子攀爬，從事看似甜蜜的
職業，卻意外地見證了山河的殘美，
獨享了共和國最後的最渾圓的落日。

「花朵是地底的火焰，從枝丫中擠出。」
彷彿他能準確感受地底的暗湧，也通曉
各種花朵的語言，並與她們簽訂契約。
四月中旬，他揭開包裹季節的蠟封，
在運城採蘋果蜜，下旬到邢臺採洋槐蜜
直到六月初，趕到遼寧採牡荊蜜，
「蜜蜂，小的身軀帶領我們與虛無搏鬥，
它們的翅膀擺動，沖刷你心中之怒。」

蔽目的花朵，望不盡的海，彷彿大地
是位頂級的染匠。七月底的赤峰
正值蕎麥盛花期，然後輾轉小興安嶺，
那兒有短暫的夏天，有滿天的群星
向你展示它們詭變的魔法，彷彿群山
是它們的導師，它們在深夜研藝，
像總會有身影在月光下清點自己的家產：
蜂箱排列整齊，像是大地之衣的紐扣。

待到十月，晨露能將帳篷頂壓出弧線，
你們舉家去雲南，在冬天之前抵達
紅色的高原，火車的長度再次稀釋了
地球的坡度，蜂箱像流動的黑色山脈；
白雲也緊隨著你們跑，彷彿它們也是
蜂場的副產品。來年春，你們入川，
經湖北、河南重返山西。蜜蜂所到之處，
盡是各地甜蜜的頂點。各式的植物

在蜜蜂的協助下完成了隔空的交媾。
這是你酒後向我復述的少年記憶，
八十年代，你回台州入學，你在課本
證實了你父親的判斷：「花不一定是果，
但山肯定是水，就像水也會是群山。」

你還告訴我：你在等待一次風暴的降臨，
你要風暴中重新洗臉，並刺穿共和國
之惡，在風暴中與失散的叔伯們相認。

（贈藏馬）

XXXV

山巔的儀式

九九年的夏末，舅母預言山巔的積雪
定是消失殆盡，「那雪因積年而發黑。」
她是個一生都不曾走出歙北群山的女人，
彷彿那些細長的羊道仍能將她迷惑。
那年她曾在山巔一角施了塊花生地，
她明知這地極可能因為乾旱而絕收，
但仍堅持去收挖，像是在保護一個循環。
我決定隨她登山，為了在山巔與群星

並軌，以為能提前到達世紀的盡頭。
我們翻過了好幾座山，走得那麼遠，
好像單純為了與谷底的人群拉開距離。
山路因為陡峭而變成一根繃緊的繩子，
「有水相繞的群山其實是頭擱淺的
巨鯨，因為山巔那麼平坦彷彿鯨的背。」
我們順著繩子爬，爬得越高，我回頭
望見的深淵裡的雙河村就越顯渺小。

山谷中的河水緩慢，像世紀末的遺囑：
「淺薄的河水能延緩時間的稀釋。」
舅母說：「河水由變質的樹葉融化而來，
有三處細節為我佐證：深潭的綠、
水光潔的皮膚、兩者都由細的纖維織成。
但我不知，誰完成了這次隱秘的轉譯。」
而我只看見河水彎彎，被山打了結。
有好幾次，舅母走到快得不見了蹤影，

彷彿整個世界仍有縫隙讓單薄的她
擠在茶園的黛青之中，然後化去。
那天舅母穿深灰色的工裝，這令她
無法在登頂的過程中發現雲朵已變濃。
「雲本不屬草木，它是鯨的哈氣。」
「烏雲因為不識草藥的屬相而無力緩解
歙北的災情，要防止被雲追上免得
它的影子在你背上留下不吉的痕跡。」

在山巔，腳底的深淵也渺小到沒有五官，
是的，過多的挖掘加速了舅母的衰老。
收成果然不好，僅有些乳白色的嫩莢，
就好像我們並非是為收穫花生而去的，
而是為了在山巔完成一種秘密的儀式，

彷彿在這儀式裡她能探索出人類的出路。
返回時，閃電激怒了烏雲，漆黑的雨
順著手臂流經手掌形成我最初的掌紋。

副本：山巔的儀式

一九九九年夏末的一天，我和舅母
為了去一個平頂的山巔上挖花生，
我們幾乎是在霧裡翻越了好幾座山谷，
像兩個黑點融化在茶園的黛綠之中。
實際上，那年的花生因乾旱歉收，
僅有少到可憐的乳白色嫩莢，
就好像我們並非為挖花生而去，
而是為了在山巔完成一種秘密的儀式。
返回的路上突然下起了暴雨，
漆黑的雨水順著我的手臂流經手掌
形成了我最初的黑色的掌紋。

XXXVI

當代茶史

九一年，乘筏南去的義軍寄來閃電的秘密
配方。「唯在四月初的夜晚，像海綿般
被歙北的茶農擰扭到極致，雲就會蓄滿電。」
被雷擊中過的山體打開它綠色的閥門，
雖然此時河水中還藏著義軍冰冷的劍刃，
它也無法阻擋涉水進山採茶的外祖母，
她是地主的女兒，中年喪夫，擊退過迷霧
一次次的反撲，她幾乎在保衛生計中衰老；
她對雲霧的痴迷也持續了一生，不惜代價，
如今，她身體的一小部分竟無故地溶解。

中國農業的皇后，在山尖展開她綠色的
鳳冠，那種環狀的綠，無數次擊沉我，
給我掉色的記憶一次次補釉，錐子的茶園，
這發苦的樂器，找不到合適的演奏它的人。
「可以嘗試對雲朵叫喊，像彈棉絮。」
不絕的雲霧，它將相鄰的山峰相連，像海水
連接遙遠的大陸。「雲叢也必定出生在海上，

它吃食過多的魚，沾染了魚肚之白。」
她甚至想像，堆積不化的白雲如雪山一般
崩潰，她連同糟糕的生活，一齊被掩埋。

傍晚，她通常最後下山，挖一隻筍做晚餐。
半夜裡炒茶，看葉片在溫度的變化中蜷縮，
變硬，「是草木毀其自身換來你彎曲之空。」
午夜不息的煻火如能言語，必將其中的犧牲
說得透徹，被凍醒的她一下子讀懂了星象
為何總是帶來不詳的風暴。她慣於早起，
已經學會了用雞鳴掌燈，彷彿率先進山的女人
才能撿拾到前夜墜落峽谷的小行星。
她撫過濃霧，戰敗的義軍也護佑她一身乾燥，
並在渡口為她準備好一條新製的竹筏。

XXXVII

田事詩

九一年，你是在夏日暴雨中給祖父送蓑衣的
那個男孩，第一次看見水窪中冒出的氣泡
起伏不絕，又迅疾地破滅。「那是鵝卵石在換氣，
一種顯形的呼吸。」你頭頂著斗笠，
那朵最低的雲，你曾在夜裡擔心受潮的耳鼻
會不會也萌發秧苗。後來的事實指明：
「那是將農業引向衰落的最後一場暴雨。」
那時，糧農種雙季水稻，丘陵挽金色的腰帶，
稻穗低垂著頭幾乎將自己埋進土裡。
季風修正著它的站姿，田野在烈日下沸騰，
將自己掏空，被麻雀勒索過的稻草人立在田埂，
它堅持為尚未回家的祖父支撐著整個暮色。

「堅硬的穀殼竟是保護你遠居異鄉的甲冑。」
返鄉的路幾經改道，像共和國漂泊不定的
國土，「田野，已經是你的一票絕當。」
這類似於只有在酷暑的暴雨中，你才敢
和滾燙的鵝卵石相認。被野草征服的田野

枯黃，像一群動物園中伏睡的母獅。

祖父多次拒絕工業向他遞來鐵的不敗的玫瑰。

「我曾想將被揉成一團的畸夢，在丘陵的

平緩地帶重新鋪展開。」現在是一三年，穀倉

因為虛空而愈發漆黑，祖父計畫將它拆掉，

「為的是倒出其中的黑暗，但一定得在子夜拆，

臉上塗滿黑炭，方能獲得黃土的寬恕。」

XXXVIII

秧歌的補償

i

那次春季返鄉，正是插秧的季節，好像
有人刻意安排了這次與童年的重逢。
你僅有的兩次插秧經歷竟間隔十餘年，
彷彿你就是那個中魔後在雲中沉睡的人
回來後竟找不到稻田盛和衰的界限。
祖父說：「循環的接口已經鬆脫。」
清晨，群山在曦光織成的巨大的繭中
哈氣，田中的春水也夾帶著它的寒意，
刺骨的水，堅硬得像納鞋底的針一般

在腳底回旋，在咆哮中變得更鋒利。
犁耙的琴弦被光線彈奏成最後一支秧歌
切開了堅硬的水面，水中漏進了光線
餵給秧苗，彷彿在培育一種嶄新的詞。
日出後沸騰的淤泥裏挾著平靜的嫩綠，

「正午之前，語言的濃蔭定會成形。」
你小腿上的淤泥慢慢曬乾，開裂和墜落，
像一位騎士褪去了戰甲。正午的水田
鏡面般平坦，彷彿語言之舟從未起伏。

ii

黑色的夏天無始也無終，它燃燒自己，
像黑色的碳，換回一座綠色的宮殿。
秋天，那山上流下來的誓言要殉道的水
果真化成了灰燼，因為稻穗接受了
引力的誘惑。「稻禾生長就是水在生長。」
祖父熟悉山水間的一切秘密，一如
他深知抽屜裡的紅契標注的東南西北。
田野將在雜草中窒息，祖父也將走出
這枯榮的循環。為此，他耗盡了自己

骨骼的彈性。囚禁在山水之間的一生
辛勞卻安穩，如今，他身體變得瘦薄，
彷彿稍強的光線就能直接刺穿他的背影。
山和水一消一長，人和草也一消一長
直至相等，才能和另一世界的自己相遇。

「我竟用永恆的山水換來片刻的虛榮。」
田野全都空著，好似為了容納你的
悔意。歸城前夜，祖父把鐮刀熔化
鑄成一支手槍，彷彿是給你的一份補償。

XXXIX

最後一次談話

「如你所見，共和國的山水禮樂已經
壞朽。」田野著寒氣，堅硬如廣場，
祖父嫁接的核桃尚未結果就被蟲蛀空，
你親手栽種的溪流也在松冠消失，
傍晚的蝙蝠俯衝下來，像艘船繞過急灣，
河床一年年秘密地抬高，像個陷阱。
「在現世失去的，只能在紙上復得。」
「我曾打算栖居在無人經過的懸崖，
覆我以林間的落葉和閃電的枯枝。」
還鄉之路因為腐爛的地址而中途斷裂。

「那麼多出山的人和進山入樹冠的人，
我漸漸分清了枝頭的善和惡。」
多少次的出走，你重回到出發的花園，
像隻覓食的鳥兒返回沸騰的枝頭。
「無論寒暑如何交替，我已無懼。」
漫天的塵埃因為聆聽了你們的談話
而放棄了復仇的計劃，它們降落在

你出行的航線上，塵埃因受仇恨之重
而捶向地表，陷落成小小的溝壑，
它們將分解隨後雨季裡洪水之盛怒。

XL

被詞語推上空中的花園

獨立於共和國的花園在遷都之痛、洪災
和旱災交替、短暫旅行、荒蕪的故鄉的
共同注視下被詞語推上冰冷的高空。
像枚螺絲釘被拔出地面，卻獲得雲的高度。
談話的人離開故土和無效的勞作，因為
花園與君主的分歧已經無法彌合，
雖然你曾希望用語言去糾正腐爛的國家。
鳥銜來糧食的祝福來到我們中間，驅走
暴君，「像驅趕一場工人製造的瘟疫。」
在積雪的保護下，空中的花園永不腐爛。

花園升空因為詞與詞的引力，並借助於
風暴的形式將其抬高，花園愈高就愈
抽象，直至成為一種風格，它需要風暴，
如同語言需要聲音一般。「先有語言，
才有可能的花園，談話的人才可能存在。」
語言還替交談者贖回了痊癒的記憶，
它的回湧無意間也讓語言的花園更牢固。

綠的樹冠在雲中肆意鋪展最綠的綠，
像是在模擬一種語言。這追求極致的過程，
繁複、挑剔，彷彿是在為現世舉行葬禮。

（2012-2014）

後記

　　今年秋天，我將年滿三十。這本詩集的出版將有助於緩解我深刻的焦慮。

　　這首長詩的寫作始於二〇一一年盛夏，當時我剛畢業，從上海搬到合肥，現今完成，歷時整整三年，後幾經修改、調整，獲得如今的面貌。寫這首詩由兩個緣起：中國的兩千多年的農耕文明在二十年內迅速地被毀壞，造成了一個個空乏的農村和一座座不徹底的城市，人們在城市畸形地生活著，一張張焦躁困惑的臉龐；另一方面緣於對偉大詩人德里克‧沃爾科特（Derek Walcott）多篇傑作之敬仰，其中一篇是長詩《仲夏》（Midsummer）。

　　三年多以來，我租住在合肥的一個名稱上帶有「花園」的回遷小區，雜亂的居民和樓房，離開土地的農民和離開故土的外來者混居。期間，我有過幾次短暫的回鄉和另外幾次旅行，太多的感觸和過少的書寫。雖然我知道我的詩歌無法挽救這一切的走向，但我慶幸我用詩歌記錄下這一點點歷史的殘痕。時至今日，我仍然相信詩歌比史書更加準確和真實。

　　我堅持這樣的看法：最完美的藝術作品必須在兩個向度上堅守：一是主旨的表達；二是技藝的打磨，我想這首詩正是接受了這兩條繩索的指引，雖然兩點都有無限的進步空間，而這種不足將一直鞭策和指導我繼續寫作。

感謝詩人小雅、洛盞在這首詩寫作過程中的鼓勵，更要感謝我善良的妻子周晶珍在所有小節完成後最初的閱讀和建議，以及她默默的支持。

感謝漢語予我的恩賜。

葉丹

二〇一五年三月

花園長談

讀詩人61　PG1391

 花園長談

作　　　者	葉　丹
責任編輯	陳思佑
圖文排版	周妤靜
封面設計	王嵩賀

出版策劃	釀出版
製作發行	秀威資訊科技股份有限公司
	114 台北市內湖區瑞光路76巷65號1樓
	電話：+886-2-2796-3638　傳真：+886-2-2796-1377
	服務信箱：service@showwe.com.tw
	http://www.showwe.com.tw
郵政劃撥	19563868　戶名：秀威資訊科技股份有限公司
展售門市	國家書店【松江門市】
	104 台北市中山區松江路209號1樓
	電話：+886-2-2518-0207　傳真：+886-2-2518-0778
網路訂購	秀威網路書店：http://www.bodbooks.com.tw
	國家網路書店：http://www.govbooks.com.tw
法律顧問	毛國樑　律師
總 經 銷	聯合發行股份有限公司
	231新北市新店區寶橋路235巷6弄6號4F
	電話：+886-2-2917-8022　傳真：+886-2-2915-6275

出版日期	2015年6月　BOD一版
定　　價	180元

國家圖書館出版品預行編目

花園長談 / 葉丹著. -- 一版. -- 臺北市 : 釀出版,
2015.06
　面；　公分. -- (讀詩人；PG1391)
BOD版
ISBN 978-986-445-012-1(平裝)

851.487　　　　　　　　　　　　104008023

讀者回函卡

感謝您購買本書，為提升服務品質，請填妥以下資料，將讀者回函卡直接寄回或傳真本公司，收到您的寶貴意見後，我們會收藏記錄及檢討，謝謝！
如您需要了解本公司最新出版書目、購書優惠或企劃活動，歡迎您上網查詢或下載相關資料：http:// www.showwe.com.tw

您購買的書名：_____

出生日期：_____年_____月_____日

學歷：□高中 (含) 以下　　□大專　　□研究所 (含) 以上

職業：□製造業　□金融業　□資訊業　□軍警　□傳播業　□自由業
　　　□服務業　□公務員　□教職　　□學生　□家管　　□其它____

購書地點：□網路書店　□實體書店　□書展　□郵購　□贈閱　□其他

您從何得知本書的消息？

　□網路書店　□實體書店　□網路搜尋　□電子報　□書訊　□雜誌
　□傳播媒體　□親友推薦　□網站推薦　□部落格　□其他_____

您對本書的評價：(請填代號　1.非常滿意　2.滿意　3.尚可　4.再改進)

　封面設計____　版面編排____　內容____　文／譯筆____　價格____

讀完書後您覺得：

　□很有收穫　□有收穫　□收穫不多　□沒收穫

對我們的建議：_____

_____

_____

11466
台北市內湖區瑞光路 76 巷 65 號 1 樓

秀威資訊科技股份有限公司　　　收

BOD 數位出版事業部

··

（請沿線對折寄回，謝謝！）

姓　　名：＿＿＿＿＿＿＿＿＿　年齡：＿＿＿＿　性別：□女　□男

郵遞區號：□□□□□

地　　址：＿＿＿＿＿＿＿＿＿＿＿＿＿＿＿＿＿＿＿＿＿＿

聯絡電話：(日) ＿＿＿＿＿＿＿＿＿＿＿　(夜) ＿＿＿＿＿＿＿＿＿＿＿

E-mail：＿＿＿＿＿＿＿＿＿＿＿＿＿＿＿＿＿＿＿＿＿